渚上吟稿

张君宏 著

江苏大学出版社
JIANGSU UNIVERSITY PRESS

图书在版编目(CIP)数据

渚上吟稿/张君宏著. —镇江:江苏大学出版社,
2010.10
ISBN 978-7-81130-181-6

Ⅰ.①渚… Ⅱ.①张… Ⅲ.①诗词－作品集－中国－
当代 Ⅳ.①I227

中国版本图书馆 CIP 数据核字(2010)第 202924 号

渚上吟稿

著　　者/张君宏
责任编辑/张　平
出版发行/江苏大学出版社
地　　址/江苏省镇江市梦溪园巷 30 号(邮编:212003)
电　　话/0511-84440890
传　　真/0511-84446464
排　　版/镇江文苑制版印刷有限责任公司
印　　刷/丹阳市教育印刷厂
经　　销/江苏省新华书店
开　　本/850 mm×1 168 mm　1/32
印　　张/6.375
字　　数/87 千字
版　　次/2010 年 10 月第 1 版　2010 年 10 月第 1 次印刷
书　　号/ISBN 978-7-81130-181-6
定　　价/28.00 元

本书如有印装质量问题请与本社发行部联系调换(电话:0511-84440882)

作者近影

熊适篆书

松鹤延年

启宏同志教正　定龙画

贺定龙国画

序

　　君宏张老，幼习诗礼，长而从政，辗转县内有关乡镇，先后任乡长、乡支书、县秘书，累迁瓜洲社长、镇长、书记等职，建树孔多。鉴于瓜洲地绾大江南北，控扼吴楚咽喉，商旅杂沓，任务繁剧，而君一以宁静处其间，严于律己，诚以待人，冲和谦抑，调协各方。疏其壅滞，解其纠结，便人利物，事举政成，舆情熙洽，迭受奖誉。迨及离退以还，甘安淡泊，耽研书史，寝馈诗词，乐其所乐。尝念瓜洲乃历史名区，江山如画，诗人词客，即景留题，文化底蕴，至深且厚。伊娄纵棹，鸥溆联吟。奔涛骇浪，壮士浩歌；荻月江枫，女郎低唱。名篇佳制，传诵古今。惜乎晚近，俗尚转移，传习日鲜，载笔乏人。乃与八九同好，亟谋振衰起敝，慨然兴结社创刊之想。倡言既出，支持者众。岁庚午，瓜洲诗文社筹建就绪，公推君主坛坫。时，余谬佐邗江吟政，蒙君折简相招，聘余顾问其间，遂得时相过从。深感其任事之勤，擘画之周，筚路褴褛，备极辛劳。举凡宣传发动、组稿出刊，筹措经费，靡不躬亲，尤以培育后昆为己任。定期举办讲座，召开诗会，口讲指画，辨韵调声。间或组织诗友，结对帮扶，赏瑜索瘢，互评互改，互教互学，以期教学相长。或应外界相邀，送诗进校园、下车间，田间水次，采风观摩。十年磨剑，硕果累累，社员扩增至百余，出版

《伊娄新潮》十余辑，县诗协授予“营造邗江诗苑中成绩显著”荣誉证书。士林仰望，有口皆碑。

余之与君，相许相期，垂二十载，今俱老境日臻，殊憾相识之晚。己丑十月，余因旧寓被拆，迫迁远僻，蒙君亲临存问，并携来其积年诗稿，征序于余。其诗意旨深远，笔调清新，披览之间，郁积为之一纾。诸如《竹枝词》、《望江南》诸阕，颂家乡之美好；《卜算子》、《乡村夏日吟》，摹小康之情状；《踏莎行》盼铁路之梦圆；《市场漫步》之婉而多讽；《牧鹅》、《渔家》之语出自然，明白如话；悉皆不加雕饰，意切情真。至如《忆旧地》三首：《裤裆滑》、《爬爬桥》、《笆斗湾》，取名奇特，志乘失载，当能地以诗传，诗因地著，则斯集之不仅歌蔗境之乐，且得以益人闻见焉，是为序。

己丑腊月立春日，宝应振鸿汤杰序于南湖湾。

2010年6月，作者与汤杰先生(中)、顾一平先生(左)合影

【目录】

诗

【目录】 诗

【目录】

诗

目录

诗

【目录】

诗

【目录】

诗

【目录】

词

【目录】

词

【目录】

词

【目录】

词

010

【目录】

词

【目录】

词

诗

邗江水

邗水连江又入吴，
载舟送客到姑苏。
吴王抱负千秋业，
引水通淮万代溥。

伊娄河

古渡瓜洲往事多，
齐公开凿伊娄河。
邗沟从此添良伴，
千载湍流听棹歌。

1996 年摄于瓜洲汽渡。前排左起:陈裕民、马春阳、张君宏。后排左起:高惠年、顾一平、曹锡恩。

1997 年摄于瓜洲。前排左起:张君宏、陈裕民。后排左起:张再生、梁庆祥、陈泽如、徐坤庆。

诗

瓜洲漫步（五首）

一

瓜洲农贸辟商场，

车水马龙日久长。

南北货源比比是，

行商坐贾通宵忙。

二

迎江路上伊娄春，

生意兴隆客满门。

早点早餐呈一格，

齐公留下美名称。

诗

三

起风下雨不需愁,
门阀一开水自流。
古往今来原少见,
中华盛世记心头。

四

我来漫步扬瓜路,
不尽汽车涌涌来。
绿树成荫三十里,
莺歌燕舞喜心怀。

五

扬子江边古渡头,
风光秀丽眼中收。
劝君感兴吟佳句,
盼友抒怀谱新讴。

廉政有感

沧海横流有纪年，
几人辛苦几人甜。
党风党纪传家宝，
廉洁奉公学古贤。

咏瓜洲水厂

古渡江滨激浪花，
港河交汇积泥沙。
新型水厂江干立，
净化源流送万家。

敬老日吟

岁岁重阳习以常，
年年敬老祝安康。
颐年高寿精神爽，
秋暮黄花分外香。

陪陈老江洲行感赋

桃尽菜花黄，
江洲分外芳。
同行研史乘，
好友习诗章。
莫道桑榆晚，
已闻桃李香。
夕阳无限好，
珍重老同乡。

诗

步张、梁二老《喜逢诗友》韵

一

维扬致意得佳音，
故地相逢放浪吟。
老气横秋人自乐，
烟花三月送文明。

二

春风满面喜悠悠，
万物更新一望收。
曾记开沙烽火路，
丹心碧血洒江洲。

参观新四军茅山抗日斗争陈列馆感赋

大好河山遭蚕食，

弯弓射日到江南。

茅山首战韦岗寇，

辗转江淮斩敌顽。

举国欢腾呼胜利，

红旗招展凯歌还。

丰功伟绩垂青史，

留给人间世代传。

注："弯弓射日……"是引用《陈毅诗选》中"弯弓射日到江南，终夜喧呼敌胆寒"的诗句。"韦岗"即"卫岗"。

诗

游太极洞

太极洞天名远扬，
景观绚丽尽琳琅。
人间喜得逍遥乐，
不憾银河七夕凉。

贺黄珏诗文协会成立和《雕菰风采》创刊

北湖双玉地，
人杰世人知。
"半九"年悠久，
"菰楼"书义微。
黄花芳吐艳，
嘉树绽新枝。
歌咏邗扬古，
诗吟藕满池。

诗

李典随行

转眼韶光三十秋，
村庄处处是高楼。
工农产值亿元过，
畜牧蚕桑第一流。
故友共欣重叙晤，
暮年还续旧曾游。
十年规划指航向，
"八五"宏图赖运筹。

注：随行，指与曹恒仁、曹寿延二同志。1958 年、1959 年吾等三人均在李典工作过。

诗

壬申元旦吟

新岁壬申到，
春逢元旦更。
家家欢度日，
户户弦歌声。
火树连霄汉，
银花接地灯。
劝君一杯酒，
岁岁庆欢腾。

壬申中秋吟

岁岁中秋岁岁新，
壬申佳节倍欢欣。
澳星刚入太空境，
盛会召开又幸临。
政策疏通花似锦，
三资引进密如星。
呼童捧出黄花露，
对酒当歌月下吟。

欣会泰州诸吟丈

两三星火照瓜洲，
赢得骚人相继游。
今又海陵诸老至，
抒怀畅叙唱伊娄。

牧　鹅

田边领放一群鹅，
手执长竿逐碧波。
竹哨一吹听号令，
昂头翘尾像吟哦。

贺瓜洲中学建校三十五周年

满园桃李萃，
铁杵磨针功。
岁岁高成效，
年年攀顶峰。

悼念于在春教授

文坛巨匠念家乡，
曾记申江话短长。
时隔三秋跨鹤去，
音容宛在久难忘。

随邗江诗协海陵行

驱车东向海陵开，
把袂联吟喜满怀。
艺苑诗存千万卷，
方家信手写新裁。
春兰俏品侔三岛，
梅派青衣唱"四猜"。
自古文人荟萃地，
有朋自远八方来。

注："四猜"指《坐宫》中铁镜公主唱词。

纪念中日甲午战争一百周年

英雄不畏贼猖狂，
抗敌将军邓世昌。
船破弹完无所惧，
丹心碧血永流芳。

渔　家

春江花月夜江潮，
一叶渔舟水上飘。
小伙舱前忙撒网，
姑娘稳舵站船梢。

诗

咏瓜洲水厂供水十周年

瓜埠春来早，

清泉先润喉。

十年称"四最"，

千载展新猷。

不计辛劳苦，

只为民解愁。

"三池"兴建后，

又上一层楼。

注："四最"，指在邗江建厂最早、规模最大、水质最好、水价最低。"三池"，指正在兴建的第三座清水池（水库），容量为1 000 吨。

喜读《扬州竹枝词续集》和《伊娄河棹歌》(二首)

一

年关岁底雪消时，
喜诵扬州续竹枝。
借助新春亲友会，
堂前对酒又吟诗。

二

棹歌百二读来迟，
风土人情尽入诗。
多少楼台名胜地，
方家绝唱我相思。

诗

市场杂吟(二首)

一

临街大姐技高超，
左手买来右手销。
坐地经营方半日，
百而八十到腰包。

二

八字栅门朝大街，
市场管理重钱财。
提篮小卖先交费，
身上无钱莫进来。

金秋三日行（五首）

一

时逢亚运夺金牌，
又报诗翁渡水来。
欣悉红桥梁府会，
驱车负笈仰诗才。

二

张家小苑桂飘香，
景色宜人处处芳。
银杏生财千万贯，
骚人提笔著文章。

诗

三

红桥宴罢抵瓜洲，
一日停留恕不周。
联句吟诗赠墨宝，
叮咛再次盼重游。

四

北湖水秀好风光，
黄子桥头画满廊。
三集雕弧呈异彩，
引来骚客觅诗忙。

五

晨曦初上各西东，
感谢主人款待丰。
他日无论何处聚，
三盅加倍喜重逢。

乡村夏日吟（三首）

一

时当炎夏日，
散热有空调。
闲煞芭蕉扇，
任君随意抛。

二

待客千般味，
烹调可口香。
莫愁鱼肉剩，
存放电冰箱。

三

欲探亲友讯，
往返费时光。
电话铃声响，
随时话短长。

九四年念四桥赏月观灯

赏月观灯念四桥，
楼船玉女奏笙箫。
神龙戏水翻波浪，
仙鹤蹁跹弄晚潮。
孔雀开屏迎贵客，
琼花怒放结新交。
游人都道西湖美，
更赞今朝分外娆。

咏　菊

小院黄花又盛开，
芬芳岂是等闲来。
去芜理蔓多精选，
扦插分株费剪裁。
防病治虫频过细，
遮阳润土几安排。
园丁怎畏辛勤苦，
乐在其中喜满怀。

步阚老《七九述怀》韵

延年七十九辰春，
良友阚公好健身。
少壮为民多解苦，
老当高尚感人仁。
消闲一首唐诗乐，
逸兴三分汉隶亲。
所见所闻皆采集，
精雕细刻写真情。

纪念周恩来总理逝世二十周年

箕尾骑归二十春，

人民怀念感恩深。

一身正气多茹苦，

两袖清风不染尘。

学习楷模严律己，

遵循法纪慰忠魂。

古今贤相知多少，

举世名流第一人。

市场杂吟（二首）

一

农贸市场很少跑，
时鲜水产价钱高。
贪馋欲想尝尝味，
一月工资不够销。

二

以假乱真心欠良，
短斤少两习为常。
加强管理人心望，
买卖公平应表扬。

贺梁庆祥诗翁七十双庆

十年告退乐休闲，
常沐春风不觉寒。
兴至荷锄翻菜地，
闷来携卷看圌山。
新朋老友常常聚，
汉史唐诗细细看。
祝福寿翁身健朗，
低吟曼唱小江南。

诗

杨庄行(含词牌集吟)(三首)

一

阳春三月"柳梢青",

结伴江都"望远行"。

祝贺徐君"长寿乐",

友谊融洽"两同心"。

二

时逢"春夏两相期",

拂面"东风第一枝"。

相见三公"明月引",

难忘风雅"浣沙溪"。

诗

三

诗坛宿将"月当窗",

翰墨结缘"情久长"。

诚恳待人"调笑令",

莘莘学子"满庭芳"。

注:"三公"指杜明甫、楚声、沈松林三诗翁,当晚临别时相见。

伊娄河竹枝词(五首)

瓜洲渡

喜今汽渡换新装,

泊口西移着竟狂。

南北通行成直线,

夜深雾阻不停航。

诗

二电厂

古渡江干景物华，

迎来锦上又添花。

齐呼二电工程大，

更赞造型为最佳。

扬州港

扬州港口古为津，

早在汉唐享盛名。

今日又逢新世纪，

巨轮处处可通行。

四水厂

由来供水自瓜洲，

管道绵延滚滚流。

敬佩行家多远见，

人民永久乐悠悠。

诗

高旻寺

古刹高旻气势豪，

天中巨塔入云霄。

大雄宝殿巍巍立，

水榭楼台处处娇。

读关副会长《瓜洲行吟》诗有感

瓜洲客至短停留，

新旧街心漫步游。

闸地琼花含笑放，

诗翁笔下著春秋。

纪念红军长征胜利六十周年

胜利征途六十年，
喜今海内换新天。
当思赤胆身心瘁，
恒念忠魂洒血鲜。
经济腾飞皆得乐，
繁荣昌盛暖心田。
欢呼全国大团结，
港澳回归在眼前。

诗

友谊活动吟（三首）

一

邗上春风吹大地，
吟坛俊杰莅瓜洲。
宗师讲课开茅塞，
挚友交谈意不休。

二

江边蚊子欺来客，
未好安眠恕不周。
窗外车船流不息，
夜半深更笑唱酬。

三

遗憾停留方一日，
街头握别各西东。
望公注重身强健，
秋令黄花夕照红。

谢关水青公赠诗集

曾记郡城结识公，
蒙赠大作读新风。
此番面叙情深切，
更喜诗坛一片红。

悼李育涵公

瓜洲老者早知名，
组建"新潮"认识君。
两个文明同合唱，
四方挚友接连心。
惊闻噩耗悲伤感，
忍见遗容泪顿淋。
相处不长留久念，
为人爽直令人钦。

诗

忆旧地（三首）

裤裆溚

溚为形状取其名，
本地乡亲记得清。
盛产鱼虾河蚌蟹，
荒年辅助救生灵。

爬爬桥

安帖横庄右向西，
潺潺流水鸭嬉嬉。
小桥最怕连天雨，
过路行人脚下趾。

笆斗湾

交通要道遭人怨，
口口声声脚下艰。
欲问为何多叫苦，
只因有个大兜湾。

香港回归倒计时五十天

雨后看天晴，
回归日渐临。
青山山含笑，
绿水水龙吟。
中华行两制，
举世皆欢迎。
永远不称霸，
决不受欺凌。

诗

新春吟诗会感赋（三首）

一

丁丑新春会友朋，
二楼相见笑声中。
先前共饮伊娄水，
眼下同心唱大风。

二

汤匙转动出新裁，
谁个中签笑口开。
依照上联严格律，
一人一句接连来。

三

春意融融满眼收，
同俦个个放歌喉。
牛年大庆彤彤日，
下次欢迎再交流。

大煤船堵九江决口立大功

大堤决口白茫茫，
举措沉船破大荒。
紧急关头凭果断，
人民财产少灾殃。

诗

唱月河（四首）

一

古镇新区唱月河，
曲桥水榭俏波波。
游船载客巡回览，
一路行来一路歌。

二

灯火闪耀月河街，
夜晚游人结队来。
更有诗牌吟古渡，
花前月下一排排。

诗

三

月到五更天渐明，

沿河柳绿草青青。

健身翁妪先来到，

动作般般样式新。

四

河心雨止水翻泡，

路过行人注目瞧。

老少操竿栏外钓，

鱼儿钩上乐陶陶。

参观实验小学有感（三首）

一

走过西街到北街，
只身徒步校园来。
进门借问君何往，
忽见前边一戗牌。

二

逸夫楼上尽琳琅，
电脑微机布课堂。
教学坚持抓素质，
年年奋进获辉煌。

三

锦春园内半天游，
姹紫嫣红不胜收。
愧我才疏学识浅，
难能一一说从头。

纪念解放大军渡江五十周年

难忘四月菜花黄，
百万雄师过大江。
木板竹排皆竞渡，
瓜皮艇子率先行。
突飞猛进追穷寇，
战线连绵千里长。
孙子兵书无案例，
毛公巨擘细周详。

扬州"二分明月文化节"

美丽扬州不胜骄，
观灯赏月乐陶陶。
瘦西湖上多游客，
美食街前品菜肴。
鸿雁传书扬剧唱，
笙箫合奏广陵潮。
古筝拨响梅三弄，
文艺丰姿任意瞧。

金秋吟诗会有感

秋高气爽百花香，
新老知交聚一堂。
研讨诗词遵格律，
交流写作创优良。
举杯共祝身康健，
下笔同歌国富强。
李杜诗风勤学习，
苏辛韵味记心房。

祝林贞木老先生八秩华诞

八秩诗翁寿诞辰，
填词叠韵越精神。
回文百变名遐迩，
试梦连篇四海闻。
风范感人人敬仰，
严于律己己宽仁。
青山不老松苍劲，
浩海长流水涌腾。

祝陈裕民老先生八十华诞(含词牌)

一

榴红"豆叶黄",

华诞"好时光"。

相聚"龙山会",

重温"情久长"。

二

诗翁"长寿乐",

把酒"醉春风"。

妙笔"寻芳草",

高歌"击梧桐"。

农贸竹枝词（八首）

一

经济腾飞百业荣，城乡菜市热哄哄。
货源充足缭花眼，品种难分春夏冬。

二

科技兴农物富饶，大棚生产显风骚。
时鲜蔬菜终年产，满足需求效益高。

三

芦蒿荠菜不稀奇，岂料当今最入时。
每到开春成俏货，养生保健两相宜。

诗

四

年轻男女会经商,豆腐干丝塑料装。

百叶制成卷子卖,经营有道好良方。

五

肉案爿爿生意忙,听凭顾客选优良。

不同部位不同价,排骨畅销另起行。

六

野味家禽营养高,加工宰杀卖方包。

脱毛去垢洗干净,任便回家煨炒烧。

七

鲋鱼河豚早遗忘,黄鳝江鳗称大王。

虾蟹鳖龟多养殖,价高仍旧有人尝。

八

曾记旧时三里洼，白天黑夜捕鱼虾。
五斤难买一升米，放在今天发了家。

贺《油乡吟》创刊

读罢诗刊心亮堂，
得知合并唱油乡。
绿洋湖畔风光好，
杨大将军驻守防。
玄武神灵威力大，
邵盐水陆直通航。
物华天宝人文化，
菱藕蛋黄特色香。

贺黄珏诗文协会成立十周年

十载艰辛扬古韵，
焦公故里谱新章。
雕菰风采迷人醉，
邻近同俦累借光。
立意精深真善美，
创新注重自然香。
千年多有文明颂，
哪及今天破大荒。

诗

千八华商醉扬州

华商盛会聚南京，
考察参观抵广陵。
二十四桥明月夜，
瘦西湖畔碧波粼。
琼花独放真无二，
银杏千年话到今。
美食享名闻内外，
古今文化受欢迎。

诗

新春吟（含词牌）

大地春回"风敲竹"，
烟花三月"忆仙姿"。
庚辰曾咏"梅花影"，
辛巳又吟"杨柳枝"。
宁启铺轨"永遇乐"，
润扬桥建"浣沙溪"。
金山银岭"潇潇雨"，
远近游人"舞马词"。

咏　松

冲寒斗雪傲严冬，
挺拔雄姿立险峰。
不与桃李争艳色，
志同梅竹秉高风。
百年何惧狂飙雨，
四季常青不改容。
愿与山林长做伴，
无求人世给殊荣。

千载古城分外娇

烟花三月喜今朝，
千载古城分外娇。
经贸招徕中外客，
旅游激荡古今潮。
依山揽胜大明寺，
傍水畅游廿四桥。
十里长街今胜昔，
广宽大道任逍遥。

游中南海（四首）

　　20 世纪 80 年代，中南海里风景最优美
的一部分曾对外开放，包括毛主席故居、瀛台
和静谷。

一

微波荡漾水连天，
垂柳依依景色妍。
流水音前饱眼福，
生平难得好机缘。

二

主席故居丰泽园，
菊香书屋紧相连。
床头放满古今典，
史汉庄骚信手拈。

诗

三

美观华丽颐年堂，
领袖深谋好地方。
决策多从此地出，
人民呼应铸辉煌。

四

幽幽静谷园中园，
双柏连株枝盖天。
春藕斋添新格局，
景观处处有诗篇。

游天安门广场

举世闻名是广场，
人头攒动车流忙。
周边林立皆名胜，
今古壮观放眼量。

游毛主席纪念堂

人民拥护党中央，
歌唱心中红太阳。
拯救中华功盖世，
音容宛在万年长。

游人民大会堂

展望人民大会堂，
精装巧饰满庭芳。
华灯耀眼闪光彩，
游客无人不赞扬。

游 故 宫

嵯峨宫殿万余间，
密密丛丛实不凡。
往昔森严多禁令，
人民此日乐休闲。

游颐和园

佛香阁畔瑞烟浮，
风漾昆明湖上舟。
千米长廊万幅画，
北雄南秀任遨游。

游 香 山

西山东麓是香山，
景点之多非一般。
驾雾腾云登索道，
霏青酿紫胜江南。

游 瀛 台

瀛台建造水中央，
结构清奇记载详。
百日维新曾变法，
帝王身世亦凄凉。

登八达岭

烽火台高拾级游，
不登峰顶不甘休。
山峦起伏万千丈，
曲曲弯弯无尽头。

游 定 陵

凿隧依山筑地宫，
帝王陵阙好威风。
驱车直上昌平道，
金碧辉煌一望中。

瓜 洲 十 咏

　　2002 年《扬子晚报》和《扬州日报》先后报道了"瓜洲古渡"建景区再现"春江花月夜"的视点新闻，后经江苏省计委立项审批，并报送国家旅游局。兴会所致，故作"十咏"。

诗

瓜洲口

旅游开发瓜洲口，
文化文明共发扬。
再现"春江花月夜"，
黄金三角焕容光。

银岭塔

瓜洲星火广陵潮，
银岭金焦试比高。
历代名人留墨宝，
依山傍水最妖娆。

簸箕城

宋时建有簸箕城，
历史沧桑八百春。
规划按时将复建，
成城定会更迷人。

诗

水窦门

罕见水城有窦门，
古今中外不多闻。
江河交汇湍流急，
不愧称它保护神。

大观楼

清代江防设水师，
江楼守备实堪奇。
朱旗指点千舟发，
逐鹿争先各展姿。

锦春园

名园临水倚江滨，
弘历南巡每次临。
巧石回廊多妙趣，
东堤柳岸四时新。

诗

彤云阁

名胜龟山面大江，
彤云阁上好辉煌。
完颜侵犯军南下，
梦想未成一命亡。

沉箱亭

李孙丑陋没心肠，
杜女怒沉百宝箱。
为使游人明善恶，
碑亭屹立永流芳。

瓜洲十景

史载瓜洲十景诗，
景观各异令人迷。
漫长岁月多消失，
展望未来更出奇。

润扬大桥

雪雾封江每阻航，
润扬桥建谱新章。
千年夙愿今朝现，
赞我中华国力强。

咏远洋船用电缆厂（二首）

一

昔日铁锚书史记，
今朝电缆领风骚。
远洋系列全航用，
产品上乘不够销。

诗

二

员工信赖赞"何公",
敬业辛劳效益丰。
为国为民多奉献,
与时俱进乘长风。

奉舅父母回乡畅游扬州有感(二首)

一

烟花三月百花香,
耄耋老人回故乡。
四代同堂围左右,
笙歌笑语舞霓裳。

二

十里长街满目楼，
瘦西湖面荡轻舟。
平山又上栖灵塔，
无限风光一望收。

酬再生兄三江营夹江造桥"征和"诗凑句

一

时逢春日百花开，
筑路建桥喜讯来。
西起青山东嘶马，
沿途民众乐开怀。

诗

二

百里工程经故乡，

主桥又架吾家旁。

每逢过渡多艰苦，

往后不愁风雨狂。

三

"三地"依偎扬子江，

润扬桥建在中央。

东西南北皆高速，

专线防洪破大荒。

注："三地"指仪征、邗江、江都。

光辉思想万世崇
——纪念毛泽东同志诞辰 110 周年

革命导师毛泽东，
人民心里太阳红。
春风送暖百花艳，
好雨应时五谷丰。
纬地经天更旧制，
文韬武略焕新容。
坚持马列兴华夏，
思想光辉万世崇。

烟花三月扬州吟

又是一年草木春，
绿杨城郭更迷人。
烟花三月旅游节，
商贸五洲客满门。
打造西区收硕果，
沿江开发又奔腾。
黄金水道金潮涌，
港口珠联城接城。

来鹤台广场（三首）

一

即将竣工来鹤台，
园区华丽胜蓬莱。
休闲商贸新形象，
综合功能统剪裁。

二

华苑珠楼白羽廊，
精心构筑鹤呈祥。
一枝独秀商文化，
两个率先先起航。

三

邻近市民笑语喧，
强身健体度华年。
悠然漫步成常客，
进出不花一个钱。

赞老有所乐

眼下休闲样样新，
老年研读倍欢迎。
养生保健延年寿，
心旷神怡理性灵。
李杜诗章寻步韵，
柳颜书体细摹临。
人生自有人生爱，
乐在桑榆惜晚晴。

诗

游南京长江二桥和江阴长江大桥(三首)

一

秋尽江南草未凋，

车行一日自逍遥。

长江天堑成平地，

八卦洲头览二桥。

二

途经各地未停留，

一路风光一路收。

要塞江阴山枕水，

凌空悬索漫天游。

（诗）

三

靖江小憩就中餐，
江海水鲜解解馋。
午后旋游扬泰路，
太阳未落我回还。

注：山枕水，指江阴素有"负山枕水"之势。

翠岗人家（八首）

一

极目长街景物华，
园林宅第小康家。
千门万户春风暖，
翠岗新村锦上花。

诗

二

高楼幢幢面朝阳，
园内中央娱乐场。
南北东西分四面，
梅兰竹菊满庭芳。

三

翠岗新村众口夸，
文明建设一奇葩。
诗词进入社区内，
敢说扬城无二家。

四

幼儿园内话儿童，
齐赞园丁灌溉功。
喜见新苗成茁壮，
笑看嘉树郁葱茏。

诗

五

朗朗书声听得真，
学员全是老年人。
笙歌奏乐霓裳舞，
健体强身感党恩。

六

社区物管评优良，
翠岗年年得表扬。
还有一支自愿队，
热诚服务跨他乡。

七

翠岗新村百事兴，
归根结底党关心。
多方组合联成网，
支部牵头驾驭行。

诗

八

相距新村隔道墙，
平常观赏我沾光。
亲朋好友如相见，
开口不离祝健康。

注：翠岗新村乃扬州市邗江区的一个居民住宅区，3 000
多户、1 万余人，分住梅、兰、竹、菊四苑。住宅区内伊斯兰教幼
儿园、扬州老年大学翠岗分校、邗江区诗词协会翠岗诗词小组、
自愿者服务队等多种组织深受社会好评，广受全国、省、市表
扬，在 2000 年就获得全国物管优秀住宅称号。

咏"猴"年(六首)

甲申年(1944年)

岁在甲申思甲申,

乌云未散日昏沉。

侵华日寇无人道,

万众齐心赶出门。

丙申年(1956年)

人民获得大翻身,

千载农奴做主人。

举国欢腾歌"八大",

红旗飞舞热腾腾。

诗

戊申年（1968 年）

"文革"十年是祸灾，

"文攻武卫"更胡来。

野心勃勃想谋位，

摔死他乡异国埋。

庚申年（1980 年）

"四害"已除烟雾消，

三中全会出新招。

改革开放抓经济，

允许个人成富豪。

壬申年（1992 年）

国行两制史无前，

港澳回归珠璧圆。

盛行中华花似锦，

一年更比一年鲜。

诗

甲申年（2004 年）

新纪又逢岁甲申，

人间春满日蒸蒸。

巡天登月排三位，

入贸成功感世人。

注：按干支的次序，凡 60 年间就有 5 次属相的相配，周而复始。如"猴"年，从 1944 年到 2004 年，就经历过"甲申、丙申、戊申、庚申、壬申"5 个。为此，作咏"猴"年六首，以回忆往事。

祝贺潘公觉贵古稀双庆（含词牌）

仲春华诞"好时光"，

亲友相邀"情久长"。

享受天伦"长寿乐"，

向阳门第"满庭芳"。

扬州火车开通

梦寐以求有幸逢，
绿杨城郭火车通。
钢轮滚滚穿原野，
汽笛声声贯耳中。
欢送旅游天下客，
笑迎经贸九州朋。
南来北往多方便，
货畅其流乘铁龙。

贺陈泽如会长古稀双庆

获悉陈兄稀寿辰，
不知可否让登门。
如能务请先通告，
寿诞堂前碰两樽。
忆往童年嬉戏水，
瞧今发白弄诗文。
抒怀歌咏小康乐，
万象更新处处春。

诗

名牌产品赞

名牌产品众堪夸，
喜我邗江占六家。
敢说苏中排首位，
市场销售遍天涯。

注："六家"指邗江虎豹西服、虎豹衬衫、琴曼衬衫、五爱牙刷、金方圆数控机床、华扬太阳能热水器。

忆乙酉年夏日青岛游（四首）

回澜阁

碧海蓝天任泛舟，
乘风破浪一云游。
栈桥连贯回澜阁，
秀丽风光耀眼收。

诗

崂山景区

远游胜景览崂山，
山海奇观恋着看。
遗憾天公不作美，
巨峰未上遂回还。

海底世界

游人顺次进龙宫，
海底田园大不同。
水族珍奇缭乱眼，
人鱼共舞展姿容。

海上喷泉

五四广场临海边，
喷泉百丈直冲天。
游人争摄留身影，
滚滚水花袅袅烟。

古渡怀古（集句）（二首）

一

江豚吹浪两飕飕（楼　钥），
叶叶轻帆起白鸥（王士禛）。
日暮钟声何处泊（徐　夜），
两三星火是瓜洲（张　祜）。

二

城上高凭百尺楼（于慎行），
水边楼角树边舟（李东阳）。
岚光漠漠浮京口（王　艮），
渡指金山路不修（弘　历）。

诗

咏春(集句)(三首)

一

冬至阳生春又来(杜　甫),
雪消华月满仙台(王　珪)。
年年不带看花眼(杨万里),
花木成畦手自栽(王安石)。

二

诗家清景在新春(杨巨源),
笛弄晚风三四声(牧　童)。
最是一年春好处(韩　愈),
天风吹尽广陵尘(高　蟾)。

诗

三

雪里吟香弄粉些（白玉蟾），
绿阴冉冉遍天涯（曹　豳）。
洛阳三月花如锦（刘克庄），
西望长安不见家（李　白）。

贺头桥诗协成立十周年

十载艰辛谱大章，
诗家合唱颂辉煌。
医疗器械布全国，
银杏之乡名远扬。
宁镇扬区成板块，
黄金水域赛天堂。
地区优越得天厚，
跃马扬鞭过大江。

故乡行吟（二首）

一

圖山北岸一沙洲，
过境江淮水合流。
欲问俺家何处是？
夹江桥建咱圩头。

二

徒步一周寻旧踪，
眼前不与旧时同。
蓬门荜户何方去？
幢幢高楼亮化中。

诗

扬州万花园观灯

万花园内万花灯，
异彩纷呈景醉人。
孔雀开屏迎贵客，
八仙过海水升腾。
鲤鱼活跃龙门跳，
八怪挥毫泼墨痕。
龙凤登台同起舞，
三星福禄寿临门。
平山白塔相辉映，
石壁流琮击有声。
明月当空星斗满，
银花火树密层层。
往来游客如潮涌，
车水马龙挤破城。

祝贺徐坤庆会长古稀双庆

友朋结伴杨庄行，
时隔十年尚记清。
府第堂前享寿宴，
书斋饱览飘香吟。
蒙赠福寿书条幅，
乐我消闲学摹临。
此日添筹来海屋，
合家欢庆万年青。

渔家今昔吟(二首)

一

白浪滔滔水打花，
芦苇深处有人家。
深更半夜勤收网，
度日充饥全靠它。

二

似水流年秋复秋，
渔家今日住高楼。
捕捞养殖遵规范，
暴雨狂风不用愁。

诗

重访建华村（五首）

一

建华园内盛花开，
又见高招新出台。
土地推行股份制，
扬州大地率先来。

二

工业园区档次高，
厂房林立入云霄。
众多项目快投产，
服饰衣衫已外销。

诗

三

造型别致人居房，
城市农村争购忙。
窗扇透光明几净，
栖身冬暖夏天凉。

四

进入中心村逗留，
条条板块展新猷。
小桥流水迎来客，
曲里拐弯楼接楼。

五

众多品位出邗江，
快乐精神名远扬。
走上小康加大步，
力争岁岁创辉煌。

咏丁亥岁新春

面临新岁热腾腾，
未过大年先打春。
大地复苏星斗焕，
山河转暖气温升。
儿童欢乐歌盈耳，
商贸繁荣客满门。
货物丰亨新景象，
无人不道好年成。

读《九松堂诗词集》有感

《九松堂》本出孙家，
《岁月如歌》姊妹花。
"两个文明"齐合唱，
诗坛艺苑一奇葩。

注:《九松堂》、《岁月如歌》乃孙声如会长的诗词集;"两个文明"指古代文化和现代文明。

感谢姜翁伯乐惠赠国画集

蒙赠画集谢姜翁，
如入蓬莱仙境中。
邢上风光凝玉版，
芳香溢出大江东。

贺"神舟七号"载人航天飞行圆满成功

秋高气爽百花开，
"神七"向天奏凯旋。
舱外行空千万里，
敢教日月著新篇。

致阿莲诗友

相识相知古渡头，
算来二十八春秋。
伊娄河畔同歌唱，
邗上风光共漫游。
金秋三日常思念，
嘤鸣一集互交流。
周边挚友情深厚，
得意春风不胜收。

奥运女子举重冠军赞（四首）

一

飒爽英姿陈燮霞，
登台举重首金拿。
旗开得胜人欢跃，
奋勇争先个个夸。

二

逸事奇闻陈艳青，
苏州闺秀早知名。
体坛三出和三进，
奥运蝉联又夺金。

三

金牌得主刘春红，
巾帼丈夫气势雄。
六九公斤级决赛，
轻轻一举就成功。

四

冠军曹磊一娇娆，
力可拔山壮志豪。
奥运健儿毋问性，
赛台试比显风骚。

为奥运女冠军放歌

谁云女子不如男，
奥运健儿着意看。
获奖冠军明细记，
有边过半尽开颜。
上台举重显身手，
跳跃凌空水不翻。
射击体操居首位，
跆拳出腿霎时间。
国球女队无对手，
破浪乘风敢弄帆。
项目众多难胜举，
哪方哪面不追攀。

贺北京奥运会圆满成功

奥林盛会北京开，
举世嘉朋聚集来。
圣火频传海内外，
体坛参赛夺金牌。
"鸟巢"场地无伦比，
"水立方"今高手裁。
十六天来饱眼福，
人间喜满唱和谐。

致吴启荣吟丈

梁府首相识，
往来数不清。
逢时言不尽，
别后总关情。
君喜风流雅，
通今博古吟。
田园多创见，
成效令人钦。

恭贺汤杰老诗翁九秩双庆

名都佳处还金堂，
把酒言欢祝寿康。
出手文章高品位，
为人师表誉维扬。
有缘邗上得相识，
更喜伊娄情意长。
深受年年多赐教，
乡巴佬也弄诗章。

词

词

忆江南·瓜洲兴怀(十首)

扬瓜路

扬瓜路,景物最妖娆。十里春风十里柳,瓜洲星火广陵潮,游客自逍遥。

瓜洲滩

江滩上,日照映山红。青草池塘今不见,石油基地居其中,分外现娇容。

瓜洲渡

瓜洲渡,扬子驿江边。迎送五湖四海客,披星戴月一千年,吾赞古今贤。

瓜洲闸

瓜洲闸,水利一明灯。综合经营齐赞赏,风光旖旎引游人,绝妙多功能。

词

四里铺

古街道,年久日天长。弘历行宫何处是? 今为实小树人堂,桃李满园香。

洛家路

洛家路,古镇新街坊。医院瓜中相对起,东西大道树成行,满目尽琳琅。

洛家桥

桥名古,旧貌换新颜。原是一方青石板,而今钢铸石扶栏,车马任回环。

陈家湾

瓜渚上,市区在陈湾。商埠码头今胜昔,千灯万火色斑斓,瞩目喜开颜。

石驳墙

瓜洲口,有了挡洪墙。水位超标过屋顶,大街小巷竟寻常,船只照通航。

银岭塔

七层塔,屹立驭龙头。北固金焦为契友,江淮汴水结鸾俦,中外客人游。

浪淘沙·感怀

极目大江边,回忆当年。顶风冒雨夜无眠。摸点鱼虾街上卖,等着炊烟。　　转瞬卅余年,换了新天。神州处处百花鲜。开放革新鸿翅展,喜在心田。

词

忆江南·咏春夏秋冬

春

和风暖,绿柳吐新丝。又是一年芳草绿,城乡男女换新衣,飞燕喜喃呢。

夏

熏风至,遍地菜花黄。布谷声声催麦老,家家户户备仓忙,踊跃卖余粮。

秋

金风爽,八月桂飘香。捷报频传歌伟绩,中秋国庆接重阳,喜庆一行行。

冬

朔风起,望断白苹洲。松柏凌寒挺且直,竹梅吐艳刚而柔,雪压不低头。

满江红·庆亚运

庚午仲秋,亚运会、星光普照。赛场上,群英比试,龙腾虎跃。十亿人民歌盛会,五湖四海争相告。一枚枚,金牌挂胸前,堪夸耀。　　谁榜首,开颜笑。银屏上,天天报。看一百八三,冠军称号。亚运健儿创纪录,熊猫盼盼人间俏。约宾朋,下届会东瀛,犬年到。

西江月·缅怀先贤林文忠公

签约南京城下,讳言割地丧权。朝廷俯首向腥羶,门羼那管鲸吞鸠占。　　犹有疾风劲草,虎门聚众销烟。长城自坏实堪怜,赢得千秋永念。

词

清平乐·纪念辛亥革命八十周年

　　峥嵘岁月，社会新更迭。革命先驱功卓越，宣告清廷覆灭。　　　　历经八十年华，神州重振堪夸。我党坚持马列，获来锦上添花。

西江月·庆祝建党七十周年

　　忆昔南湖聚会，距今七十春秋。中华大地展鸿猷，伟绩全凭舵手。　　　　开辟康庄大道，建成万丈高楼。人民喜乐唱新讴，紧紧跟随党走。

十六字令·廉(三首)

廉,清正为官不特权。民信赖,心地紧相连。

廉,当好人民服务员。秉公法,不受一分钱。

廉,勤俭持家是格言。亲朋到,款待理当然。

(该令与朱正宝同志合作而成)

浪淘沙·邗江诗协成立三周年

诗协满三周,岁岁丰收,篇篇佳作咏邗沟。盛赞繁荣新气象,同乐同讴。　　　　艺苑百花稠,集会扬州,新知旧雨志相投。彩笔重挥诗万首,丰满全球。

江南春·端阳吟（三首）

一

杨柳绿，石榴红。金猴巡大地，今昔不相同。天庭那有人间好，月月年年变化中。

二

菖蒲艾，接端阳。驱妖除四害，瘴气扫精光。劝君珍惜心灵美，不陷污泥不染黄。

三

端阳节，角黍香。屈原今古颂，凭吊汨罗江。诗人笔下离骚体，赢得千秋诵"国殇"。

忆江南·游瘦西湖（三首）

一

西湖好，好在美多娇。二十四桥增秀色，熙春台上奏笙箫，曲曲广陵潮。

二

西湖瘦，瘦似玉人腰。绿柳长堤花漫漫，碧波荡漾水迢迢，处处好停桡。

三

金山小，小巧不胜娇。近水钓台先得月，莲花出水五亭桥，白塔入云霄。

词

江城子·祝马老（耽书）八十寿辰

八十杖朝岁月长，体健康，气昂扬。华诞欢欣，夕照暖心房。最是中华逢盛世，民康乐，国富强。

万千桃李满园芳，醉心肠，功无量。八百诗篇，历历数端详。经济腾飞科技跃，天下事，尽琳琅。

卜算子·问路

游子乍回归，不识故乡路。借问旧家何处寻？遥指崇楼处。　　　亲友喜相逢，老少齐团聚。话别离情叙往事，笑把衷肠诉。

浪淘沙·贺沙头撤乡建镇庆典

　　瑞雪兆丰年,满目新鲜,沙头设镇史无前。更喜崇楼如栉比,笑语喧喧。　　　　往事简而言,且看今天,城乡无别新纪元。电讯沟通千万里,紧紧相连。

浪淘沙·咏银杏

　　秋令访江皋,进入红桥,参天乔木逞风骚。银杏之乡赢盛誉,声望更高。　　　　徐步待君瞧,虎骨龙腰,金枝玉叶迎风招。繁子衍孙千万万,不屈不挠。

忆江南·纪念抗日战争胜利五十周年(二首)

一

故乡地,回首忆当年。日寇侵华行霸道,头桥遭劫不堪言,提及泪涟涟。

二

故乡好,铁树早开花。鬼怪妖魔全剿灭,而今处处是奇葩,牢记旧伤疤。

注:1938年8月11日,日伪军100多人来到头桥,架起机枪,被汉奸诬为"坏人"的30多名农民全部被扫射而死,鲜血染红了头桥的河水。

词

一剪梅·贺瓜洲诗文社成立和《伊娄新潮》创刊五周年

五月榴花耀眼红,庚午天中,乙亥重逢。小型庆贺会嘉朋,五集"新潮",出手诸公。　　开放迎来大不同,到处新风,美好繁荣。诗吟改革颂英雄,两个文明,勇攀高峰。

破阵子·咏枇杷

鸟语声声送耳,花香阵阵怡心。疑是春风吹柳动,却耐冬寒雪满庭。丰姿嬉笑迎。　　绿叶中成药剂,果浆滋补延龄。草木稀疏毋赛比,榜上焉能无大名。还将一树吟。

词

忆江南·贺黄珏诗文协会成立和
《雕菰风采》创刊五周年

一

雕菰好,风采五周年。改革声中大合唱,诗文并茂
颂尧天。杰作万千篇。

二

雕菰好,风采得人心。社会各方齐赞佩,各行各业
尽多情。党政重文明。

三

雕菰好,风采笔传神。一代鸿儒传《易》学,迎来
四面八方人。捷径先登门。

词

十六字令·祝贺瓜洲工商联换届

瓜,原是江心一渚沙,晋开始,逐步有人家。

洲,渡口千年载客游,文明史,历代有歌讴。

工,春到伊娄绿荫浓,乡村办,遍地映山红。

商,开放迎来处处芳,市场上,满目尽琳琅。

联,四面八方结友缘,康庄道,同步干当前。

词

长相思·步马老《古渡行吟》韵（四首选一）

上水流，下水流，交错纵横无尽头。航行勿用愁。喜悠悠，乐悠悠，阵阵欢声笑不休。干杯踏月楼。

注：马老，即马春阳，曾任邗江县副县长、江苏省民间文艺家协会主席等职。

一剪梅·悼念邓小平同志

噩耗飞来顿发痴，一代伟人，与世长辞。何期箕尾便轻骑。举国悲凄，个个哀思。　　业绩丰功天下知，兴我中华，胸有神机。一邦两制出珍奇。"特色"花开，百态千姿。

⑴ 词

临江仙·贺头桥镇诗协成立

　　十月金风吹大地,头桥分外妖娆。大街小巷热吵吵。丰收传捷报,诗协建今朝。　　　　畅叙豪情多逸兴,百花园里叨叨。一声更比一声高。问君何所有,喜又得新交。

忆江南·开沙吟(十首)

一

　　开沙好,四面尽环江。百里长堤防巨浪,良田万顷稻花香。菱藕满池塘。

二

　　开沙好,素称小江南。大地春回杨柳绿,小桥流水顺江涵。隔岸望圌山。

词

三

开沙好,无处不堪夸。盛产鱼虾河蚌蟹,边缘隙地种桑麻。老妇喜摇纱。

四

开沙好,岁月不寻常。日寇侵华行霸道,三光政策丧天良。老少竞遭殃。

五

开沙好,革命一桥梁。江镇中心活动地,举旗除暴志坚强。痛打狗豺狼。

六

开沙好,南北一咽喉。革命桥梁高架后,暴风骤雨不停留。伺候在江头。

词

七

开沙好,抗日战凶顽。经历八年终胜利,东瀛倭寇乞投降。无不笑开颜。

八

开沙好,风雨起苍黄。扬子江心腾巨浪,千军万马过长江。日月换新装。

九

开沙好,十月艳阳天。爆竹声声除旧制,欢天喜地乐无边。祖国纪新元。

十

开沙好,春暖百花香。解放不忘毛主席,翻身牢记党中央。幸福万年长。

西江月·庆祝香港回归祖国

　　七一普天共庆，人们喜笑融融。回归党庆两相逢，热泪如同潮涌。　　软弱焉能抗暴，贪生末路途穷。百年耻辱记心中，永葆江山一统。

人月圆·贺中国共产党
第十五次全国代表大会

　　金秋十月百花艳，盛会谱新章。宏图跨纪，琳琅满目，细载周详。　　国行两制，中华特色，成就辉煌。泽东思想，小平理论，永放光芒。

词

卜算子·庆祝建军七十周年

八一聚南昌,军队人民建。拯救中华战敌顽,多少头颅献。　　　涉足万重山,沧海桑田变。七十春秋卓著功,历历书中见。

浪淘沙·"七七"事变祭

"七七"起狼烟,倭寇狂颠。山河践踏地强占。烧杀奸淫行霸道,罪恶滔天。　　　抗战首为先,万众挥鞭。八年浴血把魔歼。前事不忘师后事,古有箴言。

踏莎行·祝愿润扬大桥尽快建成

　　领导关怀,人民迫切,大桥兴建传消息。千年古渡更新观。帆轮转换通途辟。　　四载工期,六车并列,造型独特尤称绝。浦东开发数龙头,黄金三角齐飞越。

忆江南·咏小康(十首)

一

　　小康好,富裕遍城乡。衣食住行升档次,一年更比一年强,自古破天荒。

二

　　小康好,服饰四时新。洗烫全凭机电动,皮毛细软合人心,不惜万千金。

词

三

小康好,食用冷储藏。三菜一汤常备饭,空闲度假再加双,米面选优良。

四

小康好,旧舍换新装。瓦木水泥钢结构,崇楼幢幢列成行,户户富堂皇。

五

小康好,春暖出门游。南北西东留足迹,古今名胜记心头,处处百花稠。

六

小康好,电话进农家。亲友交谈随即用,最为方便众堪夸,事事不离它。

七

小康好,电视伴消闲。坐地能知天下事,荧屏显现色斑斓,谁不爱收看。

八

小康好,公路绕门前。车出不愁泥泞地,四通八达紧相连,便利又安全。

九

小康好,供水早提前。厂建下游扬子岸,源源不断十多年,每吨六毛钱。

十

小康好,鳏寡不孤零。居住老年公寓里,互相帮助互关心,晚境尽多情。

捣练子·邗江诗协暨诗刊
创办十周年志庆

一

中渎水,绿悠悠,荟萃人文誉九州。李杜诗风前启后,而今又上一层楼。

二

明月夜,石塔前,诗协创刊一十年。诸子百家齐合唱,四方骚客互通联。

三

秋气爽,喜洋洋,十载艰辛十集章。诗出工农唱巨变,词成翁妪颂辉煌。

鹧鸪天·江堤达标好

　　潮汛不离扬子江,堤身欠固实难防。微风细雨安全过,特大洪峰乱主张。　　　　观现场,创辉煌,巍巍石驳赛城墙。未来纵有狂飙至,沿岸人民心不慌。

清平乐·贺瓜洲文化娱乐中心开业

　　抬头仰望,铝属窗明亮。来往人流争向上,笑语欢声荡漾。　　　　一流娱乐中心,首家梅庆先行。开拓精神可贵,连年榜列前名。

词

三字令·惨无人道的"法轮功"

批邪教,是非颠,罪滔天。"圆满"论,尽胡言。叹痴迷,乱理智,断人烟。　　受蒙骗,快出圈,捷足先。尊唯物,信科研。看神州,多壮丽,直向前。

眼儿媚·咏瓜洲有线电视联网

喜今广电遍乡村,联网又临门。中央频道,地方栏目,五彩缤纷。　　崭新时代人欢乐,坐地赏新闻。晴空万里,神州特色,处处飞腾。

词

柳梢青·庆祝瓜洲解放五十周年

铁马金戈,瓜洲解放,五十春秋。建设家园,繁荣经济,喜在心头。　　城乡处处高楼。庆巨变,万众歌讴。党的号召,面临跨纪,再展鸿猷。

鹊桥仙·参加黄珏三春诗会有感

焦公故里,人才济济,词赋诗章盖世。雕瓡风采系同俦,海内外,频频传递。　　交朋结友,真情实意,密切亲如兄弟。龙腾千禧出新招,赏析会,吟坛好戏。

词

一剪梅·祝贺汤杰老诗翁八十双寿

矫健汤翁坐寿堂,满面红光,胜似春光。生花妙笔著文章,四海传扬,誉满维扬。　　诚挚慈祥情满腔,件件桩桩,面面方方。伊娄学子习诗章,费尽心肠,铭记心房。

·沁园春·贺瓜洲镇诗文社成立暨《伊娄新潮》创刊十周年

喜我瓜洲,结社端阳,一十周年。出《新潮》八集,诗文并茂,乡音俚语,歌颂新颜。市场繁荣,城乡巨变,户户家家心里甜。登银岭,看吴山淡水,一望无边。

山河如此娇妍,靠奋发图强不靠天。举小平旗帜,弘扬古韵,吟哦唱和,拨弄琴弦。赞我同侪,不辞劳苦,不取公家一个钱。新世纪为龙腾虎跃,再谱新篇。

2000 年瓜洲镇诗文社成立十周年庆典期间。左起:王松祥、关水青、李忠盛、戴尔文、汤杰、夏友兰、张君宏、硕杰、颜呈华、顾一平。

2003 年瓜洲镇诗文社第二次会员代表大会。前排左起:颜呈华、陈裕民、张君宏、汤杰、孙声如、王松祥。后排左起:陈瑞寅、焦治稼、曹锡恩、梅庆先、陈有根。

鹧鸪天·校园新风

——读《邗江实小之窗》创刊感赋

科技兴华育俊才,诗风进入校园来。清词丽句声声唱,妙笔丹青面面开。　　行动早,不徘徊,枝繁叶茂耐心裁。人文素质多高尚,辈出贤能喜满怀。

卜算子·庆祝澳门回归祖国

九九澳门回,喜日终来到。沦落风尘四百年,璧合珠还赵。　　高挂五星旗,更有莲花俏。南海明珠保护神,她在禅林笑。

词

满江红·润扬长江公路大桥开工

扬子江滨,沉箱处,人潮欢聚。彩虹架、斜拉悬索,钢筋浇铸。十月金秋花艳丽,开工庆典瓜洲渡。总书记,亲至故乡来,倍关注。　　天地转,金光路。开放好,迎来富。二十年改革,迈开大步。梦想千年偿夙愿,人民感戴衷肠吐。从今后,天堑变通途,无忧虑。

浪淘沙·祝贺《古渡风云》付梓

扬子水迢迢,银岭金焦,当年抗日掀高潮。推倒三山多奉献,斩敌除妖。　　幸福喜今朝,雾散云消,莫忘参战众英豪。追昔抚今多启迪,重担肩挑。

鹧鸪天·贺建党八十周年

建党于今八十年,峥嵘岁月载诗篇。遵循马列兴华夏,壮我山河握主权。　　春雨露,百花妍,一年更比一年鲜。蓝图"十五"气豪迈,再创辉煌永向前。

浪淘沙·国运昌隆

日出东方红,国运昌隆。人民富有脱贫穷。马列兴华惊世界,"三代"丰功。　　幸福乐其中,浊酒三盅。清闲喜爱结诗朋。两个文明齐合唱,大振雄风。

太常引·新纪颂

闲来小室醉银屏，时事爱多听，新纪喜来临。举国好欢腾，同庆贺，银蛇出巡。　　　"神州二号"，成功发射，凯歌载满金。科技兴中华，唱不尽，贤达高明。

鹧鸪天·泥瓦匠

百业俱兴万世昌，城乡处处尽辉煌。繁荣经济抓开发，建筑大军挑大梁。　　　泥瓦匠，不平常，工程项项创优良，按图干活精操作，每次验收获表扬。

浪淘沙·全党忠诚"三代表"

红日照神州,喜放歌喉,五年业绩誉全球。全党忠诚"三代表",志在千秋。　　时值菊花稠,又出新筹,与时俱进策骅骝。奋发图强抓发展,万古风流。

临江仙·贺党的十六大圆满成功

欢庆京都开盛会,如期圆满成功,腾飞跨越国昌隆。灵魂"三代表",载入党章中。　　换届交班衔接替,贤能备受尊崇。与时俱进立新功。开创新局面,展望更繁荣。

词

浣溪沙·贺"神舟五号"载人
飞船发射成功

举国欢声笑语喧,太空勇士凯歌旋。巡天赏月活神仙。　　一次成功惊世界,全凭深奥高科研。中华历史谱新篇。

眼儿媚·中国扬州(邗江)服装节

当今服饰满新装,全国赞邗江。华洋虎豹,振兴博克,琴曼蒋王。　　龙头企业为骨干,奋发决心强。同行携手,形成网络,共创辉煌。

忆江南·文昌路

文昌路,欲问有多长?东起运河西顶站,繁华市井满琳琅,商贾汇成行。

注:"运河",指京杭大运河;"站",指扬州火车站。

忆江南·富春早餐

早餐好,网点满扬城。本正源清高质量,香甜可口热腾腾,方便送他人。

词

鹧鸪天·祝贺杭集诗文协会成立

　　喜鹊门前绕不停,吾猜一定有佳音。果然邗上传诗讯,杭集诗朋结社吟。　　　　芒稻水,碧清清,龙川起始送京津。园区物产销中外,"三笑"品牌更享名。

浪淘沙·谢颜公呈华赠书

　　十月菊花黄,喜读新章。颜公笔下绘邗江。满目山青和水秀,鸟语花香。　　　　凤翥气宇昂,比翼鸾翔。心心相印岂寻常。唱和文明风雨雪,地久天长。

词

浣溪沙·小平理论放光芒

昔日贫穷苦断肠,今呼民富国家强,三中全会谱新章。　　改革创新高跨越,繁荣发展破天荒,小平理论放光芒。

踏莎行·游扬州火车站

岁月峥嵘,山花烂漫,今朝建起火车站。壮观美丽满琳琅,巍然屹立连霄汉。　　人涌波涛,车流浩瀚,通宵达旦霞光灿。同侪结伴半天游,心欢喜乐流连看。

词

卜算子·祝贺瓜洲有线电视 开播十周年(二首)

一

高唱十年歌,漫道十年雨。只要家家能焐心,无畏辛劳苦。　　满意乃追求,频道听凭取。每看如同出外游,一一皆清楚。

二

"广电"实堪夸,配有新栏目。婚庆点歌服务全,用户心欢足。　　管理务从严,制度互相督。切实规章十二条,道道心诚服。

鹧鸪天·贺"十八届中国荷花展"
在扬举办

又是扬州六月中,风光不与旧时同。亭亭翠盖连天碧,冉冉芙蕖耀眼红。　　长虹跨,火车通,千年梦想竟成功。瘦西湖畔迎宾客,故里乡邻忙接风。

浪淘沙·贺润扬长江公路大桥建成

古渡逾千年,浪击风颠。南来北往客心悬。渴望通途无险阻,夙愿难圆。　　盛世喜连连,跃马扬鞭。润扬两岸笑声喧。雄伟大桥今屹立,谱写新篇。

长相思·登润扬长江公路
大桥（仄韵、单调）

长相思，大桥建。夙愿终于眼前现。六车行，来往便。踏步架长空，觑觑近相见。造福利今人，千秋永思念。

水调歌头·润扬森林公园赞

北汉桥头处，一眼望无边。三千余亩滩地，垒土辟公园。营造翁森一片，会看交柯错叶，逶迤接长天。崇楼兼别馆，游赏尽流连。　　　　施工地，车轮滚，舞翩跹。工程告捷，首批项目已提前。面对游人开放，共赞江山如画，处处景芳鲜。好个春江夜，花好月更妍。

词

临江仙·连、宋率团大陆行

咫尺天涯心想念,喜今久别重逢。坦诚相见笑声中。此行担道义,祭祖不忘宗。　　两岸一中成共识,隙嫌冰释和衷。双赢两岸更繁荣。回归孚众望,统一沐春风。

人月圆·"神六"凯旋颂

腾云驾雾九霄外,"神六"凯歌旋。双雄挥手,笑容满面,器宇昂然。　　全民欢舞,老翁把酒,小子燃鞭。人间天上,追求开始,企结良缘。

临江仙·缅怀毛主席、周总理、朱总司令逝世三十周年

一代伟人骑鹤去,迄今三十秋冬。音容笑貌旧时同。人民怀领袖,教导记心中。　　告慰英灵毋挂念,看今处处昌隆。"神舟"系列巡天空,北京临奥运,举国乐融融。

浪淘沙·贺黄珏诗文协会成立十五周年

焦氏雕菰楼,岁月悠悠,大儒卓识誉全球。今又抒怀歌盛世,独占鳌头。　　敬佩广交流,探索寻求,新声古韵一同讴。身在乡邻常领教,能不揩油?

词

渔家傲·读"情系长征路"有感

纪念长征新举措,组团重访长征路。沿着前人足迹处。迈开步,跨山越水乌江渡。　　开国元勋功卓著,后生可畏金瓯固。体验当年多领悟。衷肠诉,春风浩荡诗章赋。

注:情系长征路指《团结报》的报道:"近30位老一辈革命家,共和国开国元勋、将帅后代,将从福建三明出发重访长征路,体会父辈创业的艰辛。"读后,有感而作。

词

行香子·咏开沙

泽地开沙,垂柳芦花。住户中,农牧渔家。江河港汊,噪鹊鸣蛙。幸盛产鱼,盛产蟹,盛产虾。

时下开沙,景物更佳。客远来,众口皆夸。医疗电器,璀璨无瑕。俏走京华,走全国,走天涯。

忆江南·扬州路(六首)

一

扬州路,宽广领风骚。十里长街非昔比,纵横交错一条条,全是水泥浇。

二

扬州路,构造重文明。唐宋明清多胜景,巍然屹立市中心,从古看到今。

词

三

扬州路,古巷焕新装。二十四桥更俊俏,人居佳境赛天堂,处处好风光。

四

扬州路,水陆共天长。万里长江扬子岸,五湖四海直通疏,东渡永流芳。

五

扬州路,隔岸望金焦。古渡千年天堑隔,而今建上润扬桥,车马涌如潮。

六

扬州路,四面八方通。北上京华南下广,钢轮滚滚贯西东,快乐在其中。

词

浪淘沙·小荷初露耀京城

诗教广开门,如日方升。小荷初露耀京城。莫道莘莘新学子,出手惊人。 国粹古诗文,千载传承。现今博爱更深层。祝我邗江花竞艳,丰韵新声。

鹧鸪天·祝贺阚、姜二诗翁九十华诞

祝贺诗坛不老翁,德高望重众尊崇。华年九秩精神爽,更爱刀锋与笔锋。 真草篆,雅颂风,一挥而就气如虹。平生喜好广交友,远近同仁受益丰。

注:二诗翁,指邗江区阚牧谦、江都市姜少黄。俩人同龄、同行、同爱好、同高寿。

鹧鸪天·缅怀欧阳文忠公诞辰一千周年

古塔栖灵蠹蜀冈,欧公履任莅维扬。文章太守千年赞,六一宗风四海翔。　　　　湖山美,韵味长,诗书辞赋永流芳。有缘学得两三句,何惜桑榆当自强。

浣溪沙·祝贺唐翁法民八十华诞

大地春回草木秾,有缘邗上识诗翁,吟坛宿将令人崇。　　　　杰作《怀仁》明道义,佳篇《舒啸》颂新风,《广陵赋》解古淮东。

西江月·祝贺曹公锡恩七秩双庆

受命瓜洲共事,迎来改革春风。三中全会彻苍穹,大地龙蛇飞动。　　　结伴伊娄合唱,高歌百业繁荣,延年益寿乐其中,爱把弦音拨弄。

西江月·贺焦公治稼七秩华诞

受命从严执教,满园桃李芬芳。枝枝叶叶发金光,赢得时人夸奖。　　　喜爱诗词做伴,交朋遍走他乡。讴歌盛世富堂皇,雅韵共同分享。

浣溪沙·恭贺梅庆松诗友六十双庆

傲骨梅花遍地开，园林宅第满阶台，芳香阵阵送将来。　　　　恭贺友朋花甲寿，吟坛线上一英才，诗词音调重和谐。

一剪梅·贺《伊娄拾贝》面世

扬子江边古渡头，百汇川流，竞发千舟。润扬桥建展新猷，冠以神州，震撼全球。　　　　又见高公另一筹，心贴瓜洲，书写伊娄。先睹为快景全收，喜上眉头，笑在心头。

词

满江红 · 瓜洲新咏

扬子江干,古渡口,更新换貌。二电厂、扬州新港,紧邻相靠。来往巨轮驰大海,电能连接普天照。高旻寺,一塔曰"天中",风铃啸。　　六七濠,鲶鱼套。联一体,大桥造。通途无险阻,眉开眼笑。新建公园添美景,崇楼别馆从中俏。大观楼,再现对金焦,更加妙。

沁园春 · 贺国庆六十周年

喜我中华,六十新元,走上富强。看神州大地,难辨城乡;市民农户,全住楼房。水陆交通,纵横交错,步履车船任意航。放眼望,那长江天堑,座座桥梁。

当今如此辉煌,靠改革创新志气昂。有国行两制,珠联璧合;巡天探秘,遂我翱翔。西气东输,南水北调,项项超群细细详。庆华诞,赞丰功伟业,不朽篇章。

长相思·追念再生兄逝世一周年(二首)

一

早也思,晚也思,岂料盼来过了期。方知与世辞。

多来兮,少来兮,八十年间唇齿依。乡亲无不知。

二

来匆匆,去匆匆,诀别不知不觉中。回眸无影踪。

春意浓,绿荫丛,有限人生理不公。延年应顺从。

词

西江月·缅怀广祥兄逝世三周年

从那"三河"熟识，结缘六十春秋。虔诚马列无他求，相处情深谊厚。　　　进入桑榆暮景，切身难以出游。多么渴望互交流，病患成为祸首。

注：广祥，即张广祥同志，邗江区红桥人，生前先从戎，后从政，离休干部。

"三河"，即三河闸，在江苏北部三河口，是治淮工程中调节洪泽湖水位和流量的大型水闸。1952 年 10 月开工建设。

鹧鸪天·恭贺熊适会长八秩华诞

早在瓜洲唱大风，驭龙俊俏百花丛。"春华秋实"令人醉，笔走龙蛇颜柳锋。　　　仓仓满，岁岁丰，小康生活乐无穷。君逢寿诞无赠送，待到相逢敬一盅。

词

西江月·古渡放歌（二首）

——庆祝瓜洲镇荣获省"诗词之乡"称号

一

歌咏千年古渡,现今建起长桥。四通八达任游邀,过客人人叫好。　　千亩森林湿地,景区独领风骚。春江花月夜江潮,辽阔烟波浩淼。

二

回溯古今文化,漫长岁月悠悠。诗词歌赋誉全球,出自名家高手。　　改革放开犹记,端阳结社伊娄,放声歌唱未停留,多少争先恐后。

[附录]

"跨越长江、千年梦圆"吟诗会

张君宏　陈瑞寅

　　为庆祝全国第一、世界第三的润扬长江公路大桥建成正式通车,《扬州晚报》社、邗江区诗词协会和瓜洲镇诗文社于 2005 年 4 月 20 日在瓜洲镇联合举办了"跨越长江、千年梦圆"吟诗会。参加诗会的有扬州市诗词协会和区诗协的领导,扬州市、区的诗友,江都、高邮、仪征市诗协的代表,瓜洲本地区的部分诗友和实验小学的小学生共 200 余人。既有 80 多岁的老诗人,也有戴红领巾的少年儿童。会上收到 70 多首庆贺大桥即将通车的诗词稿,20 多位诗友就大桥建成全面通车进行了诗词朗诵。邗江区诗词协会会长孙声如领吟了一首《东风第一枝·漫步润扬大桥》的词。扬州市历史学会副会长、市诗词协会副会长吴献中吟了一首《七律·颂润扬大桥通车》的诗。86 岁的汤杰老先生(邗江区诗协名誉副会长)在谈及昔日瓜洲渡口时,信笔在纸上默写了清代诗人方畿的"瓜洲女子驾轻舠,三尺红绫半束腰。弱腕临风娇怯甚,隔船唤出小郎摇"诗句,该诗生动地写出了过去摇小木船渡江的艰难。紧接着汤老又即兴创作了一首七绝："盛世多蒙曳帆招，伊类再见涨新潮。桥圆扬镇千年梦，三月莺华分外娇。"下午，与会同志到滨江森林公园(汽渡码头旁)参观了润扬大桥的雄姿。当晚，扬州电视台播放了吟诗会的实况。随后，《扬州晚报》连续几天以《豪迈诗情颂大桥》、《白话写就的大桥记事》等文章进行了大篇幅的报道。同时，《扬州晚报·夕阳红》版目又陆续转载了30余首诗友的诗作。

吟诗会举办得很好，受到了社会上的好评。扬州市诗词协会会长贾彬说："润扬大桥贯通是扬州与镇江人民千年的梦想，如今终于梦圆。今天老同志们以中华民族的文化瑰宝——古诗词来吟咏这一盛世，将传统的东西赋予时代精神，将会创作出更精彩的诗词作品，更好地为社会主义服务。"

（原载于 2005 年 4 月《伊娄新潮》11 集）

近日,近百位诗友参加了由本报、邗江区诗协、瓜洲镇诗文社联合主办的"跨越长江千年梦圆吟诗会"。

豪迈诗情颂大桥

烟花三月,千年古镇瓜洲,刚历经了国际经贸旅游节开幕的热闹非凡,又将迎来润扬大桥通车时两岸人们的激情飞跃。4 月 20 日上午,近百位来自扬州市诗词协会和县(市、区)诗词协会及各镇诗文协会的老人,还有来自邗江区实验小学的少先队员们,将这种激情提前释放——他们相聚于瓜洲,激情吟唱赞美大桥、赞美扬州的诗篇。

诗词美赋情动大桥

每一个前来参加吟诗会的老人对于长江渡口都有自己独特的经历,对于建成的润扬大桥也有着不同的希冀,他们将万千思绪融于诗作的字里行间。

1. "大桥诗"创作第一人

"古渡逾千年,浪击风颠。南来北往客心悬。渴望通途无险阻。凤愿难圆。盛世喜连连,跃马扬鞭。

润扬两岸笑声喧。雄伟大桥今屹立,谱写新篇。"

一首《浪淘沙·贺润扬长江公路大桥建成》诵毕,78 岁的张君宏神采奕奕地走下台来。20 世纪 70 年代末,身为邗江头桥人的他被任命为瓜洲镇镇长。这一上任,使得张老在瓜洲江畔一待就是 30 多年。张老告诉记者,工作之余,他会在江畔走一走,看着遥遥相望的镇江,心想要是有座桥多好呀。1992 年建造润扬大桥的消息传出后,建桥就成为张老放不下的心事。直到 1999 年,润扬大桥终于正式立顶了。闻听这一喜讯,张老再次伫立于长江堤畔,心潮澎湃,写下第一首

张君宏近影

赞颂大桥的诗——《踏莎行·祝愿润扬大桥尽快建成》。这首诗先后在《伊娄新潮》、《邗江诗词》等刊物上发表后，得到了来自扬州各县（市、区）、南京和安徽安庆等地近 70 位老同志的赓和。张老说，如今大桥建成了，自己的梦想终于变成了现实，唯有作诗一首方能直抒胸臆。

2．即兴创作彰显心境

86 岁的汤杰老先生，在参加此次吟诗会的成员里最年长。谈及瓜洲渡口，汤老信笔在纸上默写了清代诗人方畿作的一首诗："瓜洲女子驾轻舠，三尺红绫半束腰。弱腕临风娇怯甚，隔船唤出小郎摇。"汤老解释说，清朝诗人寥寥数笔就将"过江之难"表现得形象生动。汤老因为求学、工作，往复于瓜洲渡口若干次，每一次临近滔滔江面都是胆战心惊。一旁的扬州文史专家顾一平则给记者讲述了他 10 岁时与家里人一同过江，恰遇惊涛骇浪，差点儿翻入江底的往事。顾老说，那时候，人在长江面前显得那样的渺小和不堪一击。

而今，润扬大桥高高地悬浮于长江之堑，86 岁高龄的汤老可以踏踏实实行走于钢筋水泥桥面了。原本没有准备诗词的他，融身于热闹的吟诗会，不禁诗兴突发，即兴创作了一首七言诗："盛世多蒙电讯招，伊类再见涨诗潮。桥圆扬镇千年梦,云月莺华分外娇。"

3. 大桥"开通"浪漫情怀

扬州历史学会副会长、诗词协会副会长吴献中声情并茂地朗诵着一首《七律·颂润扬大桥通车》的诗句:"西子金山隔岸恋,一桥牵手却良缘。帅哥悬抚洋琴键,靓妹斜拉古瑟弦。千盏华灯结彩链,一江春水映蓝天。吴头楚尾添奇景,桥北江南共舞翩。"

在吴老的诗中,润扬大桥的悬索桥与中间的斜拉桥分别被喻为帅哥与靓妹,斜拉桥的铁链成了喜庆的彩链,六旬老翁的浪漫情怀尽现诗中。吴老告诉记者,他是南京人,因为青年时来扬州读书,从此便与扬州结下不解之缘。可是每逢回南京老家或是返回扬州,途经长江口时都像是打仗,赶了汽车赶汽渡,稍一慢行,汽车绝尘而去,接下来的便又是漫长的新一轮等待。

4. 才气真情溢出诗会外

吟诗会结束后,老同志们豪情高涨,纷纷挥毫泼墨,留下精彩的诗篇。杭集诗文社的李金乐老人欣然写下了《扬州大桥通车喜赋》一诗:"润扬喜报大桥通,游子老来意纵横。忙挽小孙鸣爆竹,急抽新笔赋长虹。桥连吴楚六龙舞,车越江城两岸融。织女牛郎情不禁,何须七夕盼相逢!"

李老在谈笑时，得悉瓜洲镇党委宣传科科长周如霞提到恶劣天气，其爱人工作在镇江，两人只能隔江远眺。周如霞说，那一刻真的很难受。李老感动之余，特地又写下那首诗的最后两句，赠予周如霞，祝愿大桥开通给人们带来便捷与幸福。

长江边上的润扬森林公园与壮观的润扬大桥近在咫尺。老同志们诗兴未尽，立于江畔，抑扬顿挫地吟诵起来。赵瑞智老人的一首《贺润扬长江大桥通车》引来众人的喝彩。"自古长江巨浪滔，润扬相望水迢迢。从前旅客帆船渡，今日游人宝马跑。立党为公谋实事，为民执政架金桥。江南江北连成片，创业增收试比高。"接着，邗江诗词协会副会长颜呈华朗诵起了他的作品："浩荡春风古渡头，长虹跨越大江流。竖琴悬索歌天曲，剑塔冲霄接斗牛。融入苏南抒壮志，联通京沪展宏猷。黄金三角兴开发，经济腾飞气更遒。"

传统诗词赋予时代精神

对于这次"跨越长江千年梦圆吟诗会"，《扬州晚报》副总编辑袁益民评价认为，"正当其时，正当其地，正当其景"，千年的文化古镇以其特有的地域性及时代性迎纳着老同志们饱满的精神、高昂的热情,其情、其景、其人令人感动!

扬州诗词协会会长贾彬说,润扬大桥贯通是扬州与镇江人民千年的梦想,如今终于梦圆。扬州将因此发挥其独特的区域优势,加快经济建设的步伐。老同志们以中华民族的文化瑰宝——古诗词来吟咏这一盛事,为传统的东西赋予时代精神,将会创作出更精彩的诗作,更好地为社会主义服务。

实习生杨慧　记者张庆萍

(原载于 2005 年 4 月 23 日《扬州晚报》)

白话写就的《大桥纪事》

　　本报"夕阳红"专版 4 月 23 日刊登的《豪迈诗情颂大桥》一文在爱好诗文的老年读者们中间引起了强烈的共鸣，其中有"大桥诗"创作第一人称号的张君宏，一时间成为读者问询的热点人物。昨天清晨，迎着灿烂的朝阳，记者再次来到瓜洲镇，叩开当地一扇普通住宅的大门，拜访了 79 岁的张君宏老人，聆听了第一首大桥诗背后的故事。

张君宏近影

张君宏 1987 年留影

1987 年张君宏与其胞弟张君海（左）合影

得悉记者的采访之意，老人家早早地准备好了一沓有关润扬大桥的背景资料。他深情地说，南北贯通的大桥不知在两岸多少代人梦中出现。作为曾经的瓜洲镇党委副书记、镇长，张老多么希望扬州、镇江之间能够有一座大桥啊！1985 年 12 月 8 日，瓜洲汽渡发生一起面包车从渡船滑入江中，溺水 11 人、死亡 9 人的悲剧。已经退休在家的张老的心一下被揪紧了：大桥、大桥，什么时候能从人们的梦中真正走出来，成为两座城市之间的一道美丽的彩虹？

　　那起悲剧发生后的第 12 个年头——1997 年 5 月 30 日，张老从《扬州日报》一篇题为《2010 年的扬州什么样》的报道中，第一次知晓了要建连接长江两岸的大桥。看到这则令人振奋的消息，老人掩饰不住喜悦之情，仔细地将报纸剪下，端端正正地贴在笔记本上，从此开始了张老个人的"大桥纪事"。

　　记者在瓜洲镇诗文社 2000 年编撰的《伊娄新潮》诗集中，品读了张君宏所作的第一首赞誉润扬大桥的诗——《踏莎行·祝愿镇扬大桥尽快建成》："领导关怀，人民迫切，大桥兴建传消息。千年古渡更新观，帆轮转换通途辟。四载工期，六车并列，造型独特尤称绝。浦东开发数龙头，黄金三角齐飞越。"

整首诗语言虽朴实无华,洋溢着的却是老人家的万丈豪情。谈及诗的创作,张老神情平和,坦诚相告:"我是个地地道道的农民,因为幼时家里穷,只念了两年私塾,文化底子薄,所以写出来的东西也是大白话。"

尽管那首诗被张老自谦为"大白话",可随之赓和的诗作却有 70 多篇,这些诗的作者有的是市区的,有的则来自省内外对家乡怀有深厚情感的扬州人。虽然,那时还没有现如今巍然壮阔的大桥,他们却用各自的饱满情怀编织起一座座充满希望的大桥。大家以桥立意,以诗会友,瓜洲江畔响起了一串串朗朗的吟诗声与笑声。

忆起当时的情境,张老颇为遗憾地说,当时应该和诗友们一起竭尽所能编写一本有关润扬大桥的诗集,收录更多、更好、更有意义的诗在其中,以飨后人。

翻开诗集,张君宏伏案而读。看他那专注的样子,真不知道他是陶醉于精词妙句中,还是沉浸在大桥开通的喜悦中。

记者　张庆萍

（原载于 2005 年 4 月 30 日《扬州晚报》）

葛昕草书

写书竹简拈鲜碧
临帖藤胰揩硬黄

右宏先生有道 拈赦

戏壬戊辰仲冬唐海学书

李秋水行书

登高懷遠心如在

向老逢辰意有加

宋陳師道句 君宏老弟屬 即請正隸

戊辰冬日熊百之於揚州

熊百之隶书

2003 年纪念毛泽东同志诞辰 110 周年"国税杯"评词大赛一等奖

中共扬州市邗江区委宣传部

扬州市邗江区诗词协会

后　记

　　君宏老书记要我代写后记，我觉得才不胜任，再一想，老朋友了，应该有这个义务，写不好也不会怪罪的。我和张老相识、相知到相互唱和，一二十年间也算是知己了，对张老的一生，略有所知。张老出身农民，没有受过良好的文化教育，但天资聪颖，肯吃苦耐劳，干农活样样出色当行。张老是干部，由基层干起，后成为独当一面的一二把手。这说明他是一位能做工作、敢负责任、挑得起担子的人。张老也是一位诗人，由调平仄，学韵律，写小令，工对仗……一步一个脚印，成长为一位独树一帜、自成一体的诗家。他的诗词风格，是当代诗词工作者提倡和推广的。

　　张老为什么能做一行，爱一行，做好一行，做精一行？因为他有一种坚忍不拔的意志、一种认真好学的精神，潜意识里有灵敏与坚定的因素，有一种不达目的绝不罢休的顽强性格。

当农民,学过徒(学生意),在青少年时代,时间不长,虽说农民,而无田可种,他学会了很多农活。插秧,是农活儿中技术含量高且最劳累的活儿。张老年轻时就是一位插秧的佼佼者,很少有人比他插得快和好。在很多场合,他都能拔得头筹。因为家庭困难,张老年轻时的生活来源全靠捕鱼虾维持。正如作者在一首词中写道:"极目大江边,回忆当年。顶风冒雨夜无眠。摸点鱼虾街上卖,等着炊烟……"因此,从小起他就学得一手捞鱼摸虾的绝活。有时家里来人了,他只要出去到沟边、河塘一转,不需很长时间,就有鲜鱼活虾招待客人了。

他当干部,不是靠人事关系,而是靠踏踏实实地工作,一次次磨炼、一次次考验。新中国成立初期,他参加了苏北灌溉总渠和三河闸大型水利工程建设,担任民工中队长时,总能按时完成任务,其艰难程度可想而知。张老在一次次考验中脱颖而出,这是和他的聪明、才智、虚心、认真等因素分不开的。

退休前,看到张老的一面,退休后看到张老的另一面,也就毫不奇怪了。

对张老这一集诗该如何评价呢?有人看了张老一

些写农村或乡村的诗词,即认为张老是农民诗人或田园诗人。如"曾记旧时三里洼,白天黑夜捕鱼虾。五斤难买一升米,放在今天发了家"。张老以真实的感受回忆了当年在三里洼捞鱼摸虾的情景,那可是为了生存活命啊!《裤裆溚》:"盛产鱼虾河蚌蟹,荒年辅助救生灵。"旧时沙洲农家,过着的是"板凳桌子床,头钵脸盆缸"穷苦生活。张老在《开沙吟》中写道:"开沙好,四面尽环江。百里江堤防巨浪,良田万顷稻花香。菱藕满池塘。"他又以鲜明的笔触,饱含深情地歌颂:"开沙好,素称小江南。大地春回杨柳绿,小桥流水顺江涵。隔岸看圌山。"旧社会江洲"小雨一锅汤,大雨连长江。十年九不收,糠菜半年粮"。而今百里江堤,固若金汤,年年丰产,家有余粮。旧社会"爬爬桥""小桥最怕连天雨,过路行人脚下趾"。关于笆斗湾,诗人写道:"交通要道遭人怨,口口声声脚下艰。欲问为何多叫苦,只因有个大兜湾。"而今公路笔直,车辆穿梭,桃红柳绿,江洲一片大好春光。新旧社会的差别实在太大了。诗人以明快、浅显的地方口语入诗,小孩、老妇一听就懂,但因选景准确、用词精当,虽浅显而不粗俗,成为另一风格,文人、耆宿啧啧称奇。

张老的绝句与小令,令人一看就懂,易记且难忘。

这是因为它通俗而不低俗，俗中透着雅。诗圣杜甫诗中："两个黄鹂鸣翠柳，一行白鹭上青天"，"两个"、"一行"两个词本很通俗，在诗里却很雅。这是大方家手笔，张老却有异曲同工之妙，不似有些文人写的诗，语言很涩，典故深奥，一首诗读下来，不知内容与含义是什么，必须查几次词典，费几多猜测。因为太高深，一般人似懂非懂，过去尊之为好诗，但现在不同了，那不是方向。

君宏老友，是一位聪明好学、有毅力又有韧性的人，看了他的诗集，我既高兴又惭愧。高兴的是，十多年来老友在诗词方面的进步可用四个字概括：神速、惊人。他直至退休，也只是一位农民、干部，诗词对他来说，全不摸边。一次，一位老年大学的老师在他的书法作业卷上题了一首七绝："小楼一夜雨催诗，果有蛟龙起砚池。画戟珊戈严法度，书坛今喜见张芝。"老师对张老学习书法取得的成绩予以褒奖。老师这首诗太好了，张老便想写一首回敬老师。这样一个从未接触过诗词的人怎么能写诗呢？张老萌发了写作诗词的念头。后来他参加了区诗词协会，在老诗人的帮助下，经常阅览名家诗词作品，结交诗文朋友，与瓜洲诗友一道创办瓜洲诗文社，出刊《伊娄新潮》，不数年间，居然登堂入室，成为一位名副其实的诗人。惭愧的是吾十数年来，依然故我，没写出几首像样的诗。

纵观全集，诗词以素描为主，往往以真实的故事情节和朴实的修辞手法勾勒出画面。如《牧鹅》："田边领放一群鹅，手执长竿逐碧波。竹哨一吹听号令，昂头翘尾像吟哦。"这首诗，即是一幅画。"少小离家老大回，乡音未改鬓毛衰"，贺知章利用素描手法写出多年离家的无限感慨，广为流传。张老《问路》词中也便用了这一手法，如"游子乍回归，不识故乡路。借问旧家何处寻，遥指崇楼处……"回家感慨的不仅是人的变化，连整个环境都变了。乍一看，他是用了夸张的手法，其实说是，也不是。今天的家乡变化之快，用夸张的手法写来，有时也是跟不上的。"圌山北岸一沙洲，过境江淮水合流。欲问俺家何处是，夹江桥建咱圩头。"作者以饱满的笔触，描写了小江南的美好、如诗如画的环境。这是形容，不是夸张，真实的江洲用照相机也能拍出它的美来。

诗人在修辞方面也有独到之处。《忆江南·游瘦西湖》中写道："西湖瘦，瘦似玉人腰。绿柳长堤花漫漫，碧波荡漾水迢迢，处处好停桡。""瘦似玉人腰"，这是传神之笔，瘦用于美人之腰，真是妙不可言，美不胜收，使人想起当年汉飞燕，蛮腰一握，双足凌波，身轻似燕,能舞于掌上。瘦西湖之美,如一位亭亭玉立、秀丽窈窕的美女。苏东坡曾把西湖比作西施,"欲把西湖比西子,淡妆浓抹总相宜"。两相比较,真有异曲同工之妙!

诗人也深得"对仗"真谛。在律诗中不讲对仗,不能称作律诗。但宽对、工对,取决于内容变化和情节延伸。工对如"两个黄鹂鸣翠柳,一行白鹭上青天"、"无边落木萧萧下,不尽长江滚滚来"。宽对如"烽火连三月,家书抵万金"、"三十一年还旧国,落花时节读华章"。不能因对仗使情节不能发展而呆滞。诗人在《念四桥赏月观灯》中的对仗,如"神龙戏水"对"仙鹤蹁跹","孔雀开屏"对"琼花怒放","翻波浪"对"弄晚潮","迎贵宾"对"结新交",从取景、抒情到词语搭配,都十分准确吻合,在炼词炼字上也很到位。这四句诗句式相同,但取景不同,是一幅幅很好的逼真的画。在这集诗中,诗人以激昂的笔调和喜悦的心情,歌颂伟大祖国的大好河山,歌颂日新月异、不断变化中的家乡,在此无法一一点评。

诗人始终不忘关心和帮助过他的人,对县(区)领导及常相唱和的诗友,表示感谢。特别感谢的是扬州著名诗人、文史专家、邗江诗协原副会长汤杰老先生和顾一平先生。张老有今天的成绩，与他们的栽培是分不开的。成书时，汤老对其诗作逐一过目，并作序。还要感谢原扬州市委常委、宣传部长、政协副主席，现扬州市诗词协会、扬州文化研究会、扬州学派研究会会长赵昌智为书名题签。另外还要感谢扬州老年大学的老师、著名书家葛昕、李秋水、熊百之的墨宝惠赠。在此，张老向众多诗朋好友表示深深感谢，对他们的关心和帮助永志不忘。

吾亦吟成一律，赠与老友：

一集吟成白了头，几多心血记春秋。

初调平仄求工稳，再习抒情辨劣优。

对仗必须工亦准，炼词更要琢和搜。

诗成句句无瑕疵，情景交融是一流。

清斯老叟鉴清识于红桥

2010 年 5 月